KB132199

무언가 주고받은 느낌입니다

박시하 시집

문학동네시인선 130 박시하

무언가 주고받은 느낌입니다

시인의 말

어제를 팔아서 오늘을 산다.
그러면 내일이 남는다.
이상한 장사지만 밑천이 떨어진 적은 아직 없었다.

결국 장사치로서 시를 쓴다는 사실이 가끔 당혹스럽다.

롤로와 메이, 죽은 아이들에게 이 책을 바친다.

2020년 2월
박시하

나의 비올라와 푸른 손에게

차례

2부 구름이 그 달을 가끔 안아준다는 것

3부 사람을 물에 묻으면

4부 하나가 되면 뗄 수 없을까봐

1부
개가 될까 개가 되면

날씨의 아이

비가 오면
네가 울까봐

해가 나면
숨어야 해서

구름이 내리면
세계의 폐허를 맴돌다

폭설이 내리는 날
참혹의 춤

숨쉬는 생물이지

죽지 마

열 조각
스물세 조각

한 조각 빛

바람이 불지
끝내 눈물을 말리는

놀라워
그토록 오래된
반복과 차이의 계단

새롭게 죽는
다시 살아난 하늘

롤로와 메이의 책

책은 하늘보다 크고
바다보다 깊어.
산보다 크고 구름보다 자유롭지.

메이가 말하지.
노을 끝자락
별의 흔적
짐승의 어지러운 발자국.

책이 축조된다.
그림자가 길어지는 동안
책은 넓어지고 검어지고 따뜻해진다.
침묵 속에서 좁아지고
점점 밝아진다.
어째서 이렇게 환한 거야?
커튼을 드리운 창 앞에서
누구도 롤로의 질문에 대답하지 않는다.

시들어버린 식물의 재 안에서 부서지는 흰 빛.

어디엔가 있지, 완성된 시의 책이.
어디로도 갈 수 있고 어디로도 가지 않아.
너는 어디로 갔지?

완전한 시의 책을 찾기 위해
완벽한 시의 존재를 확인하기 위해?

여기 네가 지은 시들이 있어.
보렴,
그림자를 늘어뜨렸지.

어떤 것은 길고 어떤 것은 짧다.
살아 숨쉬는 그림자들.

무엇이 무엇의 그림자인지 우리는 알 수 없지.
그토록 뚜렷한 그림자들인데도
너울너울.

책은 거꾸로 자란다.

이사 1

메이는 롤로를 떠났다.

롤로가 아프기 때문이었다.
떠나며 나무를 하나 가져왔다.
다섯 개의 가지가 달린 나무는
보랏빛 잎사귀를 피웠고
반짝이는 문을 갖고 있었다.

메이는 그 외엔 가진 게 없었다.
증류된 아픔을 주머니에 넣어두었지만
롤로의 병에 나쁠까봐 가져온 것일 뿐이었다.
롤로의 병은 새집에서도
좋아질 기미를 보이지 않아서
메이는 바다로 가겠다고 했다.
그때 창 너머로 보이는 바다가 너무도 푸르렀기에
그런 말이 나온 것이었다.

우리는 행복했어.

메이는 자꾸만 그 행복을 생각했다.
불행할 정도로 행복했지.
롤로의 얼굴을 그리지 않은 것을 후회해.
그려버리면 달아날 것 같아서

눈앞에서 빛나는 얼굴을 그리지 않았어.
와인을 마시고 흰 빵을 먹으며
롤로에게서 피어난 잎사귀를 바라보던 저녁.
그녀의 그림자를 품에 안고
가만히 옛 노래를 부르던 밤에는
파도 소리가 들려왔어.

메이는 나무를 슬픔이라 불렀다.
다른 이름은 생각나지 않았다.
보랏빛 잎사귀가 바닷바람에 흔들릴 때마다
메이는 롤로의 눈물을 떠올렸다.
너는 어째서 울었을까.
우리는 아름다웠고 그걸로 충분했는데
롤로의 머리 위에 드리운 구름을 매만지다가
증류된 아픔을 발견하고
주머니에 조금 떼어넣었던 걸 기억했다.

바다로 왔어.
슬픔을 가져왔으니 혼자가 아니야.
다섯 개의 가지에서 피어난 잎사귀를
메이는 해변에 하나씩 떨구었다.
이제는 아프지 마.

— 슬픔의 문이 열리기 시작했다.

—

저지대

비 오기 전에는
낮은 바람이 불어왔다
생을 가로지르며

슬픔을 무찌르는 로맨스를
믿은 적도 있다
어떤 감정도
목숨보다 절실하지는 않은데
사랑
던져야 할 것들이 많아서
높고 아름다운 것
빛에 눈이 멀기 전에
습기에
이끌려 내려왔다
낮은 지대에서
사랑
하는 것이 더 좋았다
끈끈하고 더러웠기에
던져버릴 수 있는 것도 더는 없었기에

알몸으로 돌아갔다
세상에서 가장 비싼 고통의 옷을
입으려고 했다

존재의 흐린 빛

개가 될까
개가 되면
가난해서 멸시받지 않는다
개로서 사랑받고
개로서 멸시받고 싶다

꿈이 될까
꿈이 되면
함께 걸을 수 있다
너의 잠에 다가가고 싶다
외로운 꿈으로서

초록색 물속에 뛰어들어서
겨우겨우
숨쉴 수 있었다
물이 될까
물이 되면
흘러갈 수 있다
아래로

물로서
존재하고 싶다
격렬하고 품위 있고

흐리게
빛나고 싶다

물고기

검은 물고기 두 마리를 보았다

국적 없는 야시장
매끄러운 물고기의 등
사도 될까
돈이 없는데

상인이 검은 봉투를 주었다
물고기 두 마리가 담긴

물고기 따위를 사다니
그렇게 더러운 걸 들고 있다니

발이 축축해졌다

탄생과 죽음은
버릴 수 있는 게 아니다
내 것이 아닌데

내 것인
생생한 죄

기차는 끊겨 있었고
아무도 그것을 받아주지 않았다
긴 철로를 걸었다

빛이 들지 않았으나

두렵지 않았다

디어 장폴 사르트르

11월이 떠납니다
첫눈이 내려
군데군데 눈이 쌓여 있어요
겨울이 온 것이지요

말을 걸고 싶었습니다
왜였을까요
무작정 펜을 들었지요
무언가 내 결심을 부추겼고
결심하면 행동하지 않곤 배길 수 없는
성급한 기질이 있거든요

사르트르 씨에 대하여 잘 알지 못합니다
당신의 저작물도 단 한 권 읽었을 뿐입니다*
풍문으로, 당신이 보부아르 씨와 일종의 계약결혼을 했다
는 걸 알았고
오래된 사진을 한두 장 보았어요
잘생기진 않았더군요
당대의 지성이었다는 것도 소문에 불과할 수 있어요
그러나 소설 『구토』는 흥미로웠습니다

로캉탱이 느낀 구역질은 이제 멈추었을까요?
살아 있는 이상 멈추지 않는

『구토』는 오래전부터 집에 있었어요
일생 동안 그 책과 함께 살았습니다
몹시 낡은데다 어린 내가 낙서를 해놓기도 했어요
책 뒷면에 헤르만 헤세의 카사로사라고 적어놓았더군요
장미처럼 붉은 색의 집이라는 뜻이던가요
낡은 책은 종종 오래된 집 같지요

사르트르, 그 책에 당신이 살아 있어요
끊임없이 구역질을 느끼며……

무언가 주고받은 느낌입니다
먼 시간 너머
시간이 공간인 우주의 공허 너머
어딘가에 장밋빛 집이 있고
거기에서 헤세와 당신, 불쌍한 로캉탱, 보부아르와 내가
지워지는 대화를 나누고 있을지 누가 알겠습니까?
먹먹한 사랑을 각자 가슴에 품고
알리지 못한 비밀을 읊조리며
들리지 않는 노래를 토해내겠지요

생존한다는 건 얼마만큼 토 나오는 것입니까
친애하는 사르트르,

─　당신은 알고 있었던 건가요?

11월이 곧 떠납니다
떠나는 건 붙잡을 수 없어요
사르트르, 떠나보낸 것들은
무사한가요

나는 다만 울고 있습니다

* 얼마 전 책장 정리를 하다가 우연히 『존재와 무』를 발견했어요. 내
게 당신의 책이 두 권 있다는 걸 알게 됐지요. 그 두껍고 무거운 책
이 어떻게 내 책장에 숨어들었는지는 세상의 수많은 수수께끼 중 하
나입니다.

　─

비의 세계

무너진 세계를 본다
초가을 비가 속삭인다
유리알을 혀 밑에 넣는다
베일을 드리운다
한 손만 잡는다
미래를 알 수 없다
빗방울이 눈으로 들이친다
차갑고 선명하다
감각의 춤만이 사실이다
꿈인 줄 알았다
기억이 손가락처럼 붙어 있다
떼어낼 수 없다

어깨 위로 비 내린다
서로의 눈을 본다
세계가 무너진다

죽은 새

흰옷을 입은 음악

죽음이 준 꿈

잘린 깃털

검은 물

피 흐르는 얼굴

날아간다

일요일의 눈 1

굳센 공허를 희망이라 부른다
그리움의 못을 땅땅 박아놓고
세월을 걸어둔다
공허에는 금이 가지 않는다
영혼이 없다는 말은
눈물 한 방울이 만든 방에서
한없이 불어난다
그렇다면 사랑은 무엇일까
말할 수 없는 혀가 입안에서 우주만큼 커진다
사랑이에요
이 말할 수 없는 증폭이
나보다 큰 나를 안고 있는 당신이

하늘의 틈이 벌어지고
끝없는 눈이 내린다

혼인식

너희들이 초대한다
같이 가자
맨발인데 괜찮아?

버스를 타고 간다
맑은 물
초록 숲
황새들이 나무에 앉아 있네
태몽 같은데

너희들 결혼하는구나

작은 신랑 그만 웃어요
카메라맨이 주의를 주는데도
너는 웃고 또 웃어서
나중에는 운다

선명한 초록이라니
신랑과 신랑은 잘 살겠군요
모두 웃다가 운다

너희 둘 나처럼 맨발이야
아무렴 어때

백년해로하면 되지

신랑님들 입장하세요
케이크를 잘라요
샴페인 비를 내려요

달과 해가 손잡고 걷네
눈(目)들이 부서지네

가마우지

작은 새
자맥질해들어간

떠오르지 않아
그리워졌다

방파제를 서성이며
애타게 불렀지
젖은 깃털을 생각했지

만난 적 있었나
옷깃을 여며줬나
검푸른 물의 노래를
함께 불렀나

너의 생활이 아니고
내 죽음이 아니야

새 그림자처럼

기억되지 않아서
사라지지 않는 이름

수면 아래로 서서히 가라앉았다 —

옥상, 달빛, 포도주

옥상의 세계에서
불행은 나를 오만하게 했다
하늘에 가까웠으므로
또는 추락사의 가능성에 더 가까웠으므로

절망을 원했다
그것은 잔잔하고 일정했다
질량과 무게가 있었고 끔찍하게 아름다웠다

어느 날
미쳐보지도 못하고 죽는다면
빗방울 소리가 바흐의 음악 소리인 행성*에서
바람으로 불 거야
춤을 출 거야
입에는 부드러운 칼날을 물고
두 손에는 우주보다 무거운 종을 달고서

뎅…… 뎅……
검은 피가 별 하나를 물들이고
갈매기 한 마리가 말을 잃어갈 때마다

어째서 울게 했는지
묻지 않았지만

스스로를 버리는 법은 알 수 없었다
이름 모를 바닷가에서
가난한 이름을
천천히 적어내려가는 일처럼
헐벗은

달빛은 아직 남았다
당신이 내 발을 포도주로 적셨다

* 빌 헤이스,『인섬니악 시티』(이민아 옮김, 알마, 2017)에서.

건축

롤로는 오랜 허물어짐의 장소로
메이를 택했다.
흰 눈이 성글하게
녹아내리듯이
흰 눈이 검은 눈에 부딪히듯이
근원에 닿았다.

천장이 둥근 방에는
검은 뼈들이 박혀 있었다.
연주가 시작되었고
롤로는 낮은 비명을 들었다.
비명이 쌓여 방이 되었다.
목숨 걸고 마시는
붉은 술.

차라리 물고기가 될래?*

어차피 물고기가 될 거야.
말을 하지 않고도 헤엄을 칠 수 있지.
허물수록 견고해지는
물로 만든 집에서
낡은 것이라곤
순간의 표정뿐이었으나

그 표정들이 롤로의 한 생을 지었다.
누구도 살아보지 못한
아홉번째의 생.

여덟 번 죽을 수 있었다니,
기쁘다.

* 프랭크 시나트라, 〈스윙 온 어 스타Swing on a Star〉에서.

간절기

계절에서 계절로
뗏목을 타고 갔다
흰 여우를 안고
검은 당나귀를 끌고

부르지 않았다
말들은 미끌어졌다

쌓이고 있었다
하얗게 내리고 있었다
잘못되어서 간절했고
간절해서 잘못되어버렸다

먼지로부터 먼지를 향해
흰 여우를 데리고
검은 당나귀를 타고
강둑을 하염없이

어떤 그림자도 밟지 않았다

2부

구름이 그 달을 가끔 안아준다는 것

가을

변하지 않는 것들이 있다

서늘한 첫 바람
옆에서 걷는 사람의 온도
달이 둥글어진다는 사실
구름이 그 달을 가끔 안아준다는 것
별들의 생명도 꺼진다
그래서 알게 되었지
결국 쇠락하는 모든 것들이
얼마나 아름다운지

자라나는 손톱을 깎아내며
시간에게 기도를 한다

사라진 목소리가
나뭇잎이 색을 바꾸는 것처럼
더 아름다워진다
한 번도 내 것인 적 없던
너의 얼굴이
더 아름다워진다

어둠도 빛이다
변하지 않는 합창

달의 멜로디를 듣는다
한 번도 같은 적 없던
너의 눈빛

앞에서 계절이 걸어간다

은하유령계

유령이 붙어 있는 사람들이 있다
유령들은 괴팍하고 상처투성이에
심지어 자기와 닮아서—닮은 정도가 아니라 자기 모습과
똑같고 더 이상하다—아주 재수가 없으며
끝없이 신세한탄을 하거나 이층에서 혹은 더 높은 데서 뛰
어내리라고 꼬드긴다

샤워를 할 때도 똥을 눌 때도 간혹 얼굴을 내밀어 미치게
만들지만
가장 큰 고난은 이것일 텐데, 사랑할 수 없게 만든다는 것
누군가에게 말이라도 걸어보려고 할 때마다 자기 얼굴이
불쑥 눈앞을 가리기 때문이다

창백하고 잔뜩 부은 채 진땀을 흘리는 볼썽사나운 얼굴은
마지막 남은 자기애를 말살시키고 만다
자신을 사랑하지 못하는 사람이 다른 누구를 사랑할 수
는 없다

이런 사람들이 사는 곳은 은하계 내의 태양계, 그중에서
도 지구라고 불리는 별로
원래는 아름다웠지만 인류가 문명이란 걸 창안한 이후 점
점 아름다움을 잃고 있다고 한다
필연적으로 그 과정에서 인류는 멸종하게 될 텐데

유령 붙은 사람들이 일종의 전조 현상임은 틀림없다고
한다

죽은 자신의 얼굴을 매일 마주하고 있다니
슬프게도
아름다움을 못 보는 게 당연하지

그들이 열중하는 건 돈이다
돈이란 인류가 발명한 최악의 물건으로서
그것을 숭배하고 찬양하는 일에 미쳐 살다가 어느 날 갑
자기 죽는다
이 종의 개체들은 그 사실을 알면서도 모르고
죽고 나서 생을 허비했음을 깨닫지만
죽음 뒤에 남는 것은 기억뿐이라서
유령들은 돈을 그리워하면서 구천을 떠돌게 된다

지구의 화폐들이 그토록 쉽게 닳고 이상한 냄새를 풍기는
이유가 여기에 있다
돈에 붙은 혼은 잘 떨어지지 않으니까

은하유령계는 혼들이 사는 세계다
인간일 때 슬픔을 좇으며 살던 적은 수의 유령들이 그 세
계를 지배한다

—　유령의 나라에서 슬픔만큼 강력한 무기는 없기 때문에
　　슬픔의 대가들, 무명으로 죽은 예술가와 시인들이 은하유
령계의 주인이다
　　그들이 인간에게 죽은 얼굴을 붙이는 일을 한다

　　너를 봐, 너의 추악함을

　　사랑은 너희에게 어울리지 않아
　　연민은 장식품이 아니야
　　죽을 때까지 자기 얼굴이나 들여다봐
　　눈물을 뚝뚝 흘리며

　　은하유령계의 슬픈 주인들이
　　오늘밤
　　너의 방에도 찾아들지 모른다

　　잠든 얼굴을 매만지면서
　　이 마음에는

　　사랑이 어울리는지 가늠해볼 것이다

자유

의자에 앉아 있습니다
슬픔을 그릴 뿐

갈매기의 눈동자에는 뜻이 없습니다

그림자를 풀어헤치고
댄스를 시작합니다
파도를 옮길지라도
멈출 수 없습니다

부서지면 무엇이 됩니까
열릴 수 없는 열매입니까
의자 위에서 걷는 사람이 누구입니까
가는 팔은 어디에 닿습니까

뒹구는 모래
부서지면서 퍼지는
흰 연기

한없이 작아질 수 있습니다

빛은 영원히 영원한 어둠에게로 갔다

롤로는 바다에 유리병을 던졌다

바다의 속은 깊었다
손을 뻗어도
저 아래 감은 눈
눈빛이 지워진 눈
차가운 입술에 닿을 수 없었다

숨을 멈추면 가라앉을 거야
발목에 사슬을 채울 거야
메이, 보고 있니?
영혼들이 반짝이며 떠 있어

롤로는 더 어두워질 수 없어서
입을 벌리면 노래가 흘러나왔다

죽어야 따스해질 밤의 바다
밀려오고 또 밀려오는데
마르지 않았다
식물의 냄새가 나겠지
뼈만 남은 음성이 시를 읽겠지

너, 가니?

이미 갔니?
돌아오지 마
너무 울지도 마

메이의 살은 오래전에 썩어버렸지만
낡은 심장은 뛰었다
파도 파도의 숨을 따라서 뛰었다
롤로 롤로 하며 뛰었다

아름다운 걸 줄 거야
물속에서만 바라볼 거야

문득, 어둠은 빛을 떠났다

사라지는 입술

어느 날 롤로는 입이 없어졌다
노래를 부를 수 없자
메이를 그리워할 수 없었다
자신이 롤로라는 것도 잊었다
밤이면 잠을 덮고 달빛을 피했다
오로라와는 멀리 떨어져 있어
어둠뿐이었다

별을 지은 적이 언제였던가
들리는 건 검은 강물의 신음 소리

목포 앞바다를 보고 싶어
흘러간 노래를 목청껏 부르거나
바다를 향해 걸어들어가고 싶다
일몰은 언제나 말하지
오늘의 끝
밤의 시작
낮고 분명한 종말이라고

슬픔이 그려질 수 있을까?

메이의 눈빛이 차가워졌다
그 낡은 운동화는 그만 신었으면 좋겠어

슬픔으로 걷고 있는 것처럼 보여
납을 녹여 먹었으면 좋겠어
쓰디쓴 독을 마시고 서서히 죽어갔으면

등에 번진 검푸른 무늬는
너의 발자국이겠지
별이 으깨지는 소리를 들었다
그것이 사랑이었을지
어떤 형벌이었을지는 알지 못했다
노래는 돌아오지 않겠지만
롤로는 스스로에게 입을 맞추었다

사라지는 입술로

미완의 노래

작은 가슴에 슬픔 깃들어
작은 새가 슬픔을 알아
슬픔을 몰랐다면
품지 않았을 세찬 강물이여
날아가세요
날아가세요 그만
휘파람 불래

괜찮아?

롤로는 부서진 심장으로 노래했다.
메이의 것.
한 송이 파란 꽃이 남아 있었다.
조각났지만 아직 꽃이었다.

자기 목소리가 기억나지 않았다.
노래할 줄 몰랐지.
내가 노래를 하게 될 줄은.
없는 목소리로 노래하는 법은 누가 가르쳐주었을까.
무너지는 법은 누구에게서 배웠나.

슬픔의 얼굴이 가르쳐주었지.

그게 좋았어.
너무도 친밀해서 내 얼굴이 아닐까 했지만
천천히 닮아가는 운명을
생의 선물이라도 된다는 듯
소중히 가졌다.

슬픔을 닮아버린 롤로는
노래를 불렀다.
영혼이 떨릴 만큼
부서진 심장으로
파랗게 그림자를 드리웠다.

꽃말이 흐느꼈다.

더 샤이닝

죽은 사람과 춤을 추었어
밀려오는 피바다

눈 쌓인 들판 너머
검은 구름이 쏟아져내리는
적막하고 커다란 홀에서
죽은 사람과 키스를 했어

한 올의 백발에서
다시 한 올의 백발까지

숨막히게 느린 왈츠를 추며
하나 둘 셋
하나 둘 셋
삼각형을 그렸어

일그러진 세 개의 모서리가 배어나왔다

강물이 솟구쳐올랐어
대지는 산산조각이 났지
검은 나무들이 와르르 쓰러졌어

살아 있는 걸까

왜 아직도

이것이 마지막이길
간절히 기도했는데

눈물은 흐르자마자 얼음이 되었고
비밀이 보이기 시작했어
얼어붙은 눈동자들이 흑요석처럼

새하얀 바닥에 뒹굴고 있었어

센강

센,
세상이 당신의 이름일 때
나는 밥을 꽃처럼
꽃을 밥처럼 먹고
옥상에 날아든 새들을 보며
담배도 피웠다
인간의 일들이 어리석게 느껴질 때
인간다운 일을 했다
이별하는 사람들의 눈 속에는
그럼에도 아픔이 존재한다
아파서 우리는 어딘가로 흘렀다
밤의 몸은 젖지 않고
젖는 건 다만 흙과 나무와 구름이었다

센,
보랏빛 질병들이 저기 흘러가고 있어
노란 술을 삼키고
비틀거리며 흘러가고 있어
어리석고 아프게

긴 밤이면 우리는 카페에 앉아
잊지 못하는 것들을 차례로 꺼내놓았어
센,

우리는 바보의 어법으로
모든 것에 이름을 붙였지
심지어 잡을 수 없는 빛들에게조차
사랑의 이름을 지어주었다
고된 하루가 끝나면
입에서 노래가 흘러나왔다
젖지 않는
어리석고 아픈 사랑의 노래가
유유히 멀어지며
우리의 마음에 새겨졌다
그리고 또 나는 생각했지
너를 그리워하는 일
그 치욕으로 또하나의 밤을 건넜다고

검게 변하지 않는 건 없었다
그래도 부드러운 흰 밥을 지어서
너의 입에 한 숟갈씩 넣어주려고 했다
내 모든 밤이 그러했다

선물

갖고 싶은 것은
가질 수 없는 거야
비행기 구름
옥상 노을
빨간 휘파람

갖고 싶은 것은
기대하지 않는 거야
혓바늘
파고든 발톱
푸른 흉터

분홍 돌고래
세상의 모든 치마
백 개의 손
올리브 영혼을 줄게

젖은 심장은
줄 수가 없다

영원

시간의 보폭으로

초록 풀잎이 끝없이 우거진다

소나무가 하늘을 가리고
달이 뜰 때

숨겨져 있다

풀의 숨
음악의 냄새
어둠에서 뛰쳐나온 걸음

나방의 비행
누군가 절룩거린다

떠도 감은 것 감아도 뜬 것
걸을수록 새로운

시작 없는 끝

하루

바닥 위 얇은 날개
섬세한 파괴

비행과 꿀의 냄새
검은 무늬 영겁

가냘픈 시간의 조각
검은 점 속

너무 길어서
다 살 수 없다

오르페오, 오르페오!

시간이 사라져
찢긴

가루들이 흩어져

6월

비가 세차게 내려

무른 복숭아를 만지면
손에 눈물이 묻어

살이 붉어진다

최대한 불편하게 안아줘
끝의 마음
웅크려도
당겨올 수는 없는 빛

무서운 빗소리가 좋아

복숭아를 먹지 않는 아이는

무언극

극이 시작되는데
대본이 없다

대사 없이 연기를 하라고?

무슨 말을 해야 하지

역을 해내지 못하면
극이 끝나지 않을 텐데

똥을 밟고 미끄러진 기분이야

누군가 말한다
돈을 내면 대본을 줄게

연기를 하려면
거지의 연기를 해야 해

나를 사야 해
불쌍하게도

춤을 추겠어
옷을 벗겠어

바닥을 기어가지

한 푼의 동전을 쥐

무대 위엔
모든 배우가 찢긴 대본을 들었다

살 수 있는 건 고독뿐이야
침묵은 깰 수 없고

모든 말은 불쌍해

2월

병든 눈이 내린다
병으로 어디까지 갈 수 있는가
편지를 쓰면
검은 꽃이 핀다

다리는 시간을 젓고
팔은 그림자를 짓는다
들판에 핏방울 하나 흘리지 못하고

지은 그림자를 지우며
지운 그림자를 다시 주우며
더 멀리
시간이 빛의 모서리에서 눈을 맞는다
흰 눈은 죽는다
가장 아름다운 곳을 본다

죽음이라는 별이
어두운 먼빛으로 간다

끝나지 않는 들판에서
떠나지 않는 여행을
너의 손을 처음 잡는 것처럼
무슨 선물처럼

열어보았다

수어사이드 송

망가졌는데
고칠 수 없는데
어떤 노래를 불러야 할까

모두 내 곁을 떠나갔어

일그러진 얼굴을 한 사람들
가면 속으로 흐르는
혼자

까마귀의 목소리로
눈물을 삼킨다

절뚝이지 않는 건 영혼이 아니야

너를 잃을 때마다
핏줄이 하나씩 끊어졌으니

버릴 수 있는 것은 자신뿐

불구인 영혼은
아무것도 버리지 못한다

노래를 부르자
이 긴 줄이 매달린 곳은 어디일까에 대해

3부

사람을 물에 묻으면

양떼구름

눈 안에는
여러 무리의 하늘

보리수가 나비들과 논다

가볍고 얕아
찰랑대는

호수를 품지 못한다

어딘가에 떨어뜨린
흰 그림자

여름이 사라지며
입을 씻는다

애련

메이라는 새가 있었어
죽음처럼 검은 무늬를 가졌지
많은 새들이 주위를 맴돌았지만
행복하지 않았어
그는 벙어리에 장님이며
날 줄도 몰랐거든

롤로는 초라하고 작은 새였어
메이메이 노래했지
어째서 그런 소리가 나는 걸까?
다른 새들은 롤로를 피했어
"저 새와는 삶을 나눌 수 없겠군."
"도대체 모를 소리만 하지."
롤로는 외로웠어

롤로는 검은 깃털을 가진 새와 만났어
종말만큼 크고 두려운 그림자를 보았지
메이메이 하며 다가갔지만
메이는 롤로를 볼 수 없었지
롤로는 다만 메이메이
끊임없이 노래했어

질투하는 새들이 깃털을 하나씩 물어가서

메이의 무늬는 사라져갔고
검고 큰 날개만 남았어
메이는 그대로 앉아만 있었어
메마른 나뭇가지 위에
흰 눈이 쌓여도
날아갈 수 없었으니까

"저 새에겐 이제 죽음만 남았네."
"그래, 모든 것이 불가능해진 새야."
새들은 메이를 떠났어

롤로는 메이 곁에 남아
그가 굶주릴 때 먹이를 가져왔어
꽃이 피면 꽃잎을 따 왔고
비가 오면 함께 비를 맞았어
메이는 롤로를 바라보지 않았고
롤로의 소리에 화답하지도 않았지만
롤로는 언제나 메이를 불렀어
그 기나긴 노래는
롤로의 삶이었으니
그럴 수밖에

어느 날 롤로는 사냥꾼의 총알에 맞았어

노래는 끝이 난 거야
흰 눈밭에 떨어진 흰 날개에서
붉은 핏방울이 흘러나왔어
롤로의 숨이 끊길 때
메이는 눈을 떴어

"세상이 보이는구나.
눈이 내리고 있구나.
하지만 가장 아름답던
노래는 들려오지 않는구나.
누군가 내 이름을 부르고
먹을 것을 주었으며
따스한 체온을 나눠주었는데
그는 어디로 간 걸까?"

낯선 세상에 혼자 남겨진 메이는
처음이자 마지막 노래를 부르며 천천히 죽었어
롤로롤로
롤로롤로롤로

새들은 그때부터
노래를 울음으로 바꾸었단다

사라지는 그림들

나뭇잎을 그려주고 싶었다

검은 나뭇잎을 그리고 초록 나뭇잎을 그렸다
흰색과 밝은 연두색 물감을 덧칠했다
어떻게 붓을 놀리면 더 아름다워질까 생각하며
끊임없이 나뭇잎을 그려냈다
내가 그린 잎이 발에 밟히고 눈을 가렸다
온 세상이 검고 희고 푸른 잎들로 가득했다

검은 나뭇잎에 흰 눈이 내려 있었다
흰 나뭇잎을 잔뜩 단 검은 나무 한 그루가
크고 아름다운 몸을 일으켰다
그것은 너에 대한, 내 필생의 그림이었지만
너는 아무 말도 하지 않았다

붓을 들어 새 잎을 다시 그렸다
그려도 그려도 더 아름다운 잎들이 필요했다
모든 시간마다 그려야 했으므로 팔이 늘어났다
손은 푸르고 희고 검게 물들었다

우리는 아름다웠고 지쳐 있었다
끊임없이 돋아나는 시간에
마르지 않는 물감을 찍어 발랐다

그리고 그리다 죽음에 이르는 거야
끝나지 않는 밤에 걸린 달처럼
너는 언제까지나 내 곁에서 나뭇잎을 흔들었고

나무들은 아무런 꿈 없이 서 있었다

길 위에서

흔히 안개에 덮인다

사라질 나를 사라질 네가 안는 일이다
나이면서도 너이다

멀리 있거나 매우 가깝다
음악처럼
걸음을 연주한다

각자의 리듬을 껴안고
발이 문득 빛나다가 꺼진다
걸었으니까 신발이 닳았으니까
안개가 울려퍼진다.

나뭇잎이 떨어지고
가끔은 술잔이 흩날린다
눈이 쌓인다
빗물이 흐르기도 한다

허수아비들이 망연히 서 있다

보폭을 유지하며
흰 나무들이 걷는다

엷게 서러워하는 나무의
빈 얼굴을 만진다

별이 든 가방을 메고
떠남을 먹는다

죽음 이미지

(메이의 독백.
노래하듯
강물이 흐르는 소리.
속삭이다 서서히 커진다.)

롤로, 너는
붉은 숲 사이로 걸어가는
버려진 꽃들

5월의 해는 가차없이
말려 죽이지

아직 걷고 있는

깃털이 흩어져 있어
비명처럼

아프다
네가 거기 죽어 누워 있어

죽은 나무
죽은 흙
검은 어둠

하얗구나

흰 어둠!

흰빛은 상하지 않는다
어둠에 앉은

깃털 영혼의 핏방울

너와 나의 강물
말보다 분명하고
바다보다 많은 침묵이 흘러

왜 저토록 가볍게 날리는 걸까, 롤로
정말로 말을 하는 걸까?

깃털 영혼의 입

어떤 죽음이
보여! 보여!

(메이, 통곡한다.
강물 소리 귀를 찢듯 커지며

—   붉은 통곡을 삼킨다.)

흰옷을 입은 롤로
걸어나온다.
느릿한 동작의 유령
양손에 쥔 깃털을 잠시 들여다보다
하나 하나 하나
둘
셋
만 개의 깃털
흩뿌린다

마른 입에서 흘러나온다,
사방으로 돋아나는 핏줄기
이윽고 흰 새

날아간다

노래이거나

침묵

(아직도 푸른
—

암전)

빗장

그들이 문을 두드렸다
열 수 없었다

두 개의 얼굴
우주가 목으로 올라왔다
별의 껍데기를 뱉었다
피투성이였다

태어났고 죽었는데
또 태어나라니
삶은 한 번의 구름
빗물로 추락하면
또다른 구름이 된다

구름이 구원인가요?

검은 바위가
지하실이 되었다
흰 문이 되었다

돌아갈 수 없었다

새벽

죽은 사람
춥고 가만하다

어린 피
죽은 새벽
춥겠지

사람을 물에 묻으면

맑은 빛이 고인다
숨쉬는 걸까

검기만 한 물속에서
기지개 켜는 소리

산 사람의 죄

종이비행기

공원 구석에서
꽃잎을 줍는 것 같아
낡은 배낭……

안개에 묻힌 모습이
지워지고 있어

잊어선 안 되는데 잊은 사람
홍도화 아래서 죽은 사람

풀잎 사이 반짝이는
투명한 석양
푸른 밤 번개……

바닥에 처박힌 비행기

얼굴과 이름
마음도
아무 욕망도 없이

찢어진 비행기를 날리려 한다

조용한 빛을 내는

영원한 약속
목숨 건 사랑의 그림자

비밀은 아름다운 꿈이다

회녹색 이름

골목을 걸어갔다
이름 하나를 부여잡고 가기엔
오래 걸어야 하는 길이었다
골목의 끝에서 어둡고 푸른 바다를 만나
파도에 무너지는 계단을 올랐다
발이 파랗게 젖었다

이글이글 타오르는 숲으로 들어갔다
귀신들이 둥글게 앉아
저마다 검은 심장을 꺼내어 보여주었다
눈빛 없는 석상이
소리 없이 불타고 있었다
오래된 사진 속에는
아주 옛날에 죽은 작가의 얼굴
입가에 미소를 머금고
나를 쳐다보았다

어디까지 헤매야 하는지 알 수 없었다
이름을 부르자 오한이 들었고
차가운 손끝마다 심지가 검어져 있으니
도대체 언제 손가락에 불을 붙였던 걸까
열 개의 불을 들고
어떻게 그 어둠을 찾아들어갔는가

그것이 너무 따스해서
눈 감고도 걸을 수 있었던 건가

누군가 몹시 야단을 쳤다
매를 맞고 싶지는 않았지만
그 어둠을 떠나고 싶지도 않았다
화내지 마
어둡고 다정하고 따스한 이름
슬프지 마
너를 떠나지 않을 테니까
열 개의 심지에 불을 붙였다

손끝에 온기가 돌았다

전생

한 마리 버려진 개로서
교회당 처마 밑에서 비를 피한 적이 있다
빗줄기 사이에서
무언가 희게 펄럭인 걸 기억한다
발은 꺾였고 눈은 멀었는데

어찌 볼 수 있었을까

사실 나는
교회당 그늘에서 숨죽인
타락한 천사였다
이제는 무엇이었는지도 모를 것을
너무도 사랑하여 벌을 받았다

지상의 것

더럽고 추악했을 텐데
어찌 사랑했을까

개의 멀어버린 눈 속에
깃들어 푸르른 죄악

사랑했으니

인간으로 태어남이 마땅했을 것이다

낡은 첫 밤의 노래

밤눈이 내린다
시간 밖을 서성이며
꿈 언저리를 밟고 가는 서러운 눈
문드러진 눈

흰 양이 메에 운다
눈가가 젖어 있다

"그림을 그리고 싶어"

붉은 그림자와 초록 하늘을
보랏빛 비와 은갈색으로 타오르는 불을
있을 수 없는 음률을 그리고
싶다, 라고
뚜렷이 말하려 할수록
뭉개지는 발음

소망이 불투명하게 자라난다
단단해지는 건 싫어
굳세게 물컹거리기를 원해
무지개 카오스
유일하고도 흔해빠진 혼란

입을 열면 침묵이 알알이 쏟아져나오지
빛나지 않는 별처럼

그러므로 순순히
깨어진 사랑을 바라보는 편이 좋아
검은 돼지들이 꾸엑 웃는다
입가에 묻은 피를 닦지도 않고

자신의 무게로
문드러지고 또 문드러지면
별이 될까
죄가 될까
내가 될 수 있을까
아름다운 것을 잊을 수 있을까

껍데기를 노래해도
속이 비쳐 보일 텐데

한없는 낡음이 내려와서
지친 노래를 덮는 밤
삶 위에 삶을 덧붙이는 사람은
그걸 첫이라고

— 혹은 영원이라고 한다

모자들

먼지 쌓인 모자들.

붉고 노랗고 푸른. 백 년 전, 삼십 년 전 잃어버린 모자.
동그란 뾰족한 네모난. 보여주겠다.
아름다운 모자들을!

잃어버리지 않을 거다. 모자는 죄가 아니니까.
왜 검은 가면을 썼지?
얼굴은 어디 갔어?

모자가 모자를 빼앗으려 한다. 가면 아래가 보이지 않는다.
어두워. 별도 달도 없어.
누구의 마음인가?
왜 어두운 마음속에 모자들이 있지?

꿈처럼 끝없는 어둠.
모자를 가슴에 가득 안은 영혼.
날아갈 수 없어.
모자가 너무 많다.

밤 빗소리.

잠시

사랑이 있어?

꽃의 환상
잠시의 아름다움
영원은 없다고 가르쳤어
진실은 거짓이라고

흔들리는 흔들리는 눈동자

거짓을 삼키겠어
쓴 물을 마시고
단어들을 터질듯이 담고

웃음이 울음이었다면

통증의 형상
꽃잎의 흐느낌
유일한 노래

길어올린 그림자

안 보이는 나라
몇 마디의 구름

거짓말로만

깃털처럼 사뿐한 지옥
목련이 진다

11월

젖은 낙엽에서 부드러운 냄새가 난다

당신은 나를 알지 못한 채
누군가의 얼굴을 길게 그렸다
보석처럼 빛나는 젖은 낙엽에서
가느다란 비명처럼

정오의 종소리가 울렸다
당신의 등이 지진처럼 흔들리며
무너져내렸다
이렇게 투명해도 되는 걸까 우리는
이렇게 자꾸만 열리는

푸른 문을 갖고 있어도 되는 걸까

낙엽을 밟으면 젖은 발자국
발자국을 남기고 사라지는 우리에게는
죽은 잎사귀들이 살아간다고 믿어서
그들에게 무게를 지우고
천천히 사라지는 우리에게는

삶이 있을까
그런데도 열리는 문은 무엇일까

저 차갑고 선명한 문은
왜 닫히지 않는 걸까

금지된 새

폐허는 잊히지 않고
단단히 남았다
그들이 날아가버린 후
둥글게 어두워진
밤 속의 밤
멀어지는 지평선
상실의 옅은 피부
숲이 되지 못했다
무성하게 비어 있는 그림자와
지워진 손바닥들이
파랗게 묻어났고
검은 날개 아래
둥글게 벌어지는 어둠
눈 속의 눈
아주 천천히
아주 빨리
열쇠의 굴곡이
가장자리에서 굳고 있었다

4부
하나가 되면 뗄 수 없을까봐

그을린 방

개 한 마리와
고양이 두 마리

썩어가는 낮의 빛

탁자 위에
양식을 차린다
우리는 매일매일
입술을 열면
기이한 것과 으스스한 것
시고 달콤하고 쓰다

음악은 그을렸다

낮잠을 잔다
꿈속에서 잊혀지는 것들
부드럽고 사악하다
진리를 가져오지 마세요
노시인의 문장
허름한 몸 어디엔가
영혼의 혀

사랑이 있다면

탁자 위에 머물 것이다
두 발을 탁자 위에 놓고 칼을 겨눈다
피와 냉기가 타오른다
모자를 쓴 노시인의 사진
그것은 그을렸다

말할 수 없어

꿈은 먼지가 되었다
아픈 마음이 수없이 널려 있다
많은 기도가

유령들이

이곳에 같이 산다
매일 울면서

벽은 눈물을 먹어 기울어지고
나는 시를 적는다
한 단어 쓸 때마다
손가락 한 마디씩 부서지는

오랜 형벌을 끝내고

가루만 남는 날
나를 녹색 페인트와 섞어줘
벽에 발라줘

오래오래

지워지지 않는 그을음
연주되었다

이사 2

롤로는 영혼의 집을 옮겼다.

메이가 아팠기 때문이었다.
낯설고 낡은 부엌
금간 벽에 붙어 있던 잎사귀를 떼어내는 일을
롤로는 기도처럼 경건하고
비밀스럽게 했다.

집은 낡고 허물어져
깨진 창유리 사이로 상한 빛이 들어왔다.
아픈 메이에게 무엇이 좋을까
롤로는 정성스레 소파를 놓고
식탁을 닦았지만

여기서도 메이는 낫지 않을 것이다.
기다려도 나아지지 않으면
병은 무수한 잎을 돋울 것이다.
롤로는 잎사귀 하나를 뜯어 벽을 장식하고
잎사귀 또하나를 뜯어 머리에 꽂았다.
아무것도 변하지 않았는데
모든 것이 변해버린 것만 같았다.
아슬아슬
창밖으로는 바다가 보였다.

찬장을 열어서 프라이팬을 꺼냈다가
검게 탄 손바닥을 꺼냈다가

기도를 얼마나 했으면 손바닥이 타버렸지
롤로는 무심코 중얼거렸다.

갈망은 기도를 낳았다.
기도는 절망을 낳았다.
롤로는 다만 아무것도 낳지 않고 싶었다.
낳는다는 건 퍼져나가는 일이지.
퍼져나가고 싶지 않았다.
롤로는 그러나 낳고 또 낳았다.
퍼져나간 그림자에서 잎사귀가 또 돋아났다.

금간 벽에 잎사귀를 붙였다 떼는 일이
메이와 함께 바다로 갔다.
검은 손바닥도
정든 소파와 식탁도 가버렸다.

롤로는 남았다.
병도 남았다.
찬장에서 기억을 꺼내 먹었다.
가만가만

롤로의 영혼이 이상한 빛을 내며 상해갔지만

바다는 영원을 가장하며 푸르렀다.

진료실에서

너는 심장을 쓰고 다녔고
앞이 보이지 않는다고 했다

그 병에는 이름이 없다
가끔 관찰되기는 하지만

붉고 부드러운 심장을 쓰다듬었다
죽음으로 들어갈까요?

네 병이 내 것이었으므로
처방전을 써주었다
잠의 약, 어둠의 약, 호수와 바다의 약

알약의 길이
껴안아줄 것이다
주사액이 너의 손목을 거쳐
내 핏줄로 스며들었다

비명처럼 사랑해
강물이 말라가듯 사랑해

너의 가슴을 열어
가벼운 것들을 불어넣었다

시적인 꿈

그들은 더 멀리에서
영혼을 본다고 주장했다
성전의 문이 닫혔다

성전은 무너지며
모를 말을 중얼거렸다
성전에서 울고 싶었다
빛 받고 싶었다

구름 위에 앉은 신이
영혼을 보고 웃었다
흙빛 옷을 입고 울다가

사람의 이름으로 말했다
아직 영혼이 있다고
흙빛의 바다라고

천천히
문이 열렸다

사슴

사슴이 죽어가고 있다.

죽으면 안 돼.
사슴! 안 돼!

달려간다,
사슴을 살려야 한다.
그 삶이 끝나면 안 된다.
사슴은 쓰러져
숨을 쉬지 않는다.

가슴을 두 손으로 누른다.
있는 힘을 다해서
하나 둘 셋 넷 다섯……
숨을 쉬어 제발
내 숨을 불어넣어줄게……

입이 보이지 않는다.
입이 없으면 어떻게 하지?
뿔도 보이지 않는다.

사슴은 보이지 않고

내가 죽는다.
내 심장이 멈춘다.

내 가슴에 보드라운 흰 털이 있고
머리에 단단한 뿔이 있어.

사슴입니까,
사랑입니까.

깊이 숨을 들이쉰다.
사슴 냄새가 난다.

여름의 게임

1
가라고 했지

가라면 가야지
집으로 오는 길
진흙을 밟았다

멜로디는 사라지고
푸른 바닷물과
흰 모래밭이 펼쳐졌다
슬픔이 저렇게 넓은 거였다

2
음악을 듣고
김밥을 먹고
그림을 그리고
주점에서 상을 두드렸다
뱃고동 소리

수평선 너머로 지는 게
태양인 줄 알았지
세계가 저무는 줄도 모르고

3
발을 물에 넣는다
파도가 치는데

맨몸으로 서 있다
벌거벗으니 좋아
슬픔의 알갱이를 밟으니 좋아
젖은 무릎을 꿇고
하늘을 바라본다

세상이 무수하게 떨어진다
방울방울
눈빛이 있다

목 없는 그림자

여름이 갔어.
롤로는 눈앞에 바다를 보고 있었다.
망각은 없었다.
파도가 밀려오듯 메이는 다가오고
밀려가듯 다시 멀어진다.

몇번째일까?
여름을 꺼내들며 메이가 말한 적이 있었지.
구겨지고 상한 그 여름은
삶보다 필요했다.
죽음보다 지독했다.

목이 없었다.
얼굴을 기억했다.
그늘진 얼굴에 모든 걸 걸었다.
그런데
목을 자른 건 누구지?
여름이 중얼거렸다.

꽃병을 부수고
가을이 태어났다.
매번 첫번째 가을이.

일요일의 눈 2

서재는 어둡고 푸른 바다가 들어차 있다 메이가 파도처럼 깊게 롤로의 그림자를 밟는다 이렇게 달콤해도 괜찮은 걸까? 집은 광활하다 한쪽으로 강물이 흐르고 그 너머 붉은 벽들이 끝없이 늘어서 있다, 미로다 그 안에서 메이를 닮은 아이가 뛰쳐나오고 롤로는 아이와 눈이 마주쳐서 웃어버린다 당신과 정말 똑같은 검고 슬픈 눈동자! 미로 속으로 사라진 아이가 벗어놓은 노란 구두에 눈이 부시다 눈이 펑펑 내리는 일요일 아침 그들은 버섯 수프와 브리오슈를 먹고 진한 커피를 마신다 아침의 음식은 희고 부드럽다 메이의 목소리를 받아적는 일을 꿈이라 부르지만 그 기다란 식탁을 무어라 부를지는 알지 못한다 메이의 검음이 롤로의 힘을 잡을 때에야 알게 된다 세상에 이렇게 달콤한 건 죽음뿐이라는 것을

이별은 없을 것이다
일요일의 눈이 멈추지 않고 내릴 테니까

미친 잠

롤로는 잠이 들었고
메이는 침묵을 불러주었다
롤로는 푸른 치마 속에서
죽음보다 더 검은 잠이 들었고

침묵은 부를 수 없는 노래를
차가움 안에 숨겼다
기다리지 않지만
기다림의 자세로
기도하지 않지만
기도의 자세로

롤로, 이건 너의 노래
메이는 말을 빚냈고
메이, 그건 너의 노래
롤로는 노래를 닦았다
청동거울의 노래
미친 잠의 노래

입술이 한 방향일 때에도
살짝 어긋났지
하나가 되면 뗄 수 없을까봐
눈 뜨고 꿈을 꾸었지

이상하리만큼 세상에서 멀리 떨어져 있는
서로의 얼굴을*

롤로는 늙고 싶었다
시끄러운 잠 속에서
롤로는 죽었지
침묵의 불에 타 죽었지

여기서부터 노래는 시작된다

---

* 노발리스, 『푸른 꽃』(김재혁 옮김, 민음사, 2003)에서.

온갖 꿈의 언덕

롤로, 봄이 오면
해가 드는 방에 앉아
벽 두드린다
문 걸고 눈 감고
언덕을 세운다

"아픈 것을 사랑하여
아픈 것들
한 번에 피어나는
빛의 통증"

(행려자가 꽃을 따먹고 배앓이하며 잠을 청한다)

"안 보이는 언덕이 솟아 있지"

메이, 불 끄라고 외친다

(점멸하는 불빛이 보인다)

"어둠이라면 숨을 텐데
꽃을 따먹고 잠들 텐데
길 위에서 사랑할 텐데"

롤로, 아픈 메이를 사랑한다
언덕에 누워 비를 맞는다

"나의 비 나의 흙
나의 나무
아프게 솟아오른다"

(언덕을 오르는 기도)

무서운 기쁨
— 헬가*

무의식을 그렇게 싸게 살 수는 없는 법이다**

뒷마당에는
곰돌이 모양의 노란 판자
목 위만 있는 마네킹이 있지

(그들은 마네킹의 머리칼에 염색을 한다. 그에게는 목 위
의 표정만이 존재한다. 그는 아무것도 보고 있지 않으며 모
든 걸 본다. 세세히.)

새끼고양이들은 그곳을 떠났다 어린 동물의 눈동자 아픈
것일까 어째서 그 쓸쓸한 장소에서 버려진 것들이 서로의
눈을 바라보는 밤에

비밀을 축복하고 있구나

버려진
미상의 존재들이
노랗고 푸르게 장소를 바꾼다

기쁨이 없어서 무섭지 않다
사랑은 속하지 않는다

세 개의 푸른 올리브

생성 자체가 백일몽을 통한 것이므로, 존재는 환상일 뿐이다.
존재하지만 존재하지 않는 세계에서 표류하다 사라지는 것.
살아 있음은 그런 것이다. 부르짖을 필요는 없다. 바라볼 따름
이다. 존재하는 한 존재하지 않으니 시간을 잴 필요도 없다.

시간을 뚫을 수 있다면

없는 언어로
교활하기 짝이 없는 꿈을 꾼다

폐선을 앞두고 나눈
세 개의 올리브와
반병의 포도주

살과 피는
파멸처럼 거룩했다

믿지 마
신앙은 우리를 속이고
없는 것을 있다고 했으니

말하지 않는다

가뭇없이 눈물 흘리며
노 저어온 날들을

날개가 돋지 않은 등
더러운 발 위의 향유
마른 생선에서 풍기는 비린내

공허를 잠든다
흰 이불을 덮고

토네루노에키*

1
푸른 장미가 피어 있는
고양이 그림자가 드리운
이름 없는 역은 사라졌다

2
새들을 상자에 담았다
왜 그렇게 많은 새들이 있었나
날개가 접힌 채
나는 걸 잊은 채
깃털은 조용히
한마디의 노래도 없이

3
안개가 짙어졌다

4
영혼을 모른다

5
태양의 온도는
더더욱 알지 못한다
새들의 이름을 지을 줄은 안다

연갈색돌고래새
입없는빈민새
보르도눈물새

6
모른다는
유일한 사실
언 땅에 주저앉아 별을 세고
손목에서 검은 피를 흘리고
천 년을 죽어가는
장막 이편에서

7
역에는 언제 도착하는 걸까

* 사라진 기차역의 이름.

멸망 경보

롤로,
오믈렛을 만들었어
평화로운 맛이지
희고 부드럽고
하늘은 붉다

다가온 별은 어제보다 크고
공기는 뜨거워
사라지게 될 줄 알았지
가뭇없는 것들
바람, 꽃잎

남은 음식을 삼키며
타오르는 초록
화염에 감싸인 들판을 본다
모두 말없이 창밖을 본다

드뷔시를 초대했어
달빛은 없어
검은 밤도 푸른 하늘도
더 행복하거나
덜 불행하지 않아

울던 사람이 웃고
웃던 사람이 울지
지나친 고통은 없어
소와 양의 눈물을 먹고
몸부림치는 우리에게

아홉 시간 후 우리는 죽습니다

노아의 방주도 없고
지하 도시도 없고
이주할 행성도 없습니다

마지막 설거지를 한다
지루한 욕망이여
안녕
붉은 먼지구름 속
새 한 마리
비상하며 녹아내리고

어둠은 광활하구나, 롤로
시간이 걷고 있구나

나의 도덕

애초에 삐딱했지

버려진 담배꽁초처럼
더러운 흰색

아름다울 가망이 없다

도-덕은 그러므로 둔덕이나 도닥이나 도랑
도어-더억이랄까

한 마리의 오리가 그려진 문이다

사랑은 숨겨진 채로
별들이 떠다니는 호수로 가나요
거기서 헤엄치겠어요
빠져 죽을까요

세계의 각도를 비틀 수는 있지만
마음은 비틀어지지 않는다
말해지지 않은 사랑은
짐작하지 않는

나의 도덕

분명하게도
그러나 나는 말했지
바다에게 하늘에게 달에게 구름에게
천 번도 넘게 말을 했다

짐작하지 않아도 되는 사랑을 주세요

오리처럼 꽥꽥거렸지만
문은 닫혔다

문고리가 없는 나의 도어덕

가장 달콤한 칼이여
내가 살아 있을 때까지만 살아 있기를

해설 ⎯

사랑의 공동체*

김태선(문학평론가)

* '사랑의 공동체', 이 제목은 박시하 시인의 산문집 『쇼팽을 기다리
는 사람』(알마, 2016)에서 가져왔다.

활의 이름은 삶, 그의 작품은 죽음.
—헤라클레이토스

지워지는 대화

"언젠가 삶은 사라지게 될 거야", 두번째 시집 『우리의 대화는 이런 것입니다』(문학동네, 2016)에 수록된 「구체적으로 살고 싶어」의 마지막 연에 쓰인 말이다. 분명 모든 것은 사라질 것이다. 지금 이 순간에도 모든 것은 조금씩 자신의 존재를 지워가고 있다. 우리 역시 그 존재가 조금씩 지워지고 있으며, 조금씩 사라져가는 다른 사물들과 함께 살아가고 있다. 세상에 나타나는 그 순간부터 스스로의 존재를 지워갈 수밖에 없는 잔혹한 운명. 삶은 그렇게 지워져가면서 새롭게 쓰이는 과정의 이름이다. 인간의 역사는 이 가혹한 운명에 맞서기 위해 영구불변하는 가치를 추구하는 방향으로 이루어져왔다. 인간의 노동은 끊임없이 변화하는 사물의 존재를 부정함으로써 유용한 대상으로 고정시키고, 그것을 통해 삶을 보존하고 계획된 미래를 살고자 하였다. 문명은 이러한 움직임과 함께 이루어졌다. 문명과 함께 죽음과 사라짐이라는 사태는 서둘러 잊고 은폐해야 할 금기가 되었다. 마찬가지로 의사소통을 위한 언어 역시 사물들의 감각적인 측면들을 모두 추상시켜 의미로 만들고 그것을 유통시

키는 부정의 움직임이다. 의사소통을 위한 언어는 마치 도
구처럼 파악 가능한 틀 안에서 움직이며, 고정되어버린 단
일한 의미만을 전달한다. 그 안에서는 이미 알려지고 고정
된 의미만이 교환되며, 사물은 대상이 됨으로써 자신의 감
각적인 실질들을 모두 상실하고 만다. 끊임없이 변화하고
사라져가는 것들을 붙잡아 고정시킴으로써 주체에게 유용
한 것으로 만들고자 하는 욕구. 이 욕구는 삶의 어두운 측면
을 외면케 하고 서둘러 잊어버리도록 만든다.

　시작(詩作)의 처음부터, 박시하 시인은 우리가 서둘러 은
폐하고자 했던 그림자를 향해 눈길을 보냈다. 한참 숨을 죽
인 채 "캄캄한 우주/ 아침 새의 목소리/ 이루어질 수 없는
사랑/ 죽어버린 죽음들"(「한참」, 『눈사람의 사회』, 문예중
앙, 2012)을 바라보았고, "하나의 별이/ 천천히 다른 시간
으로 향하고 있어요"(「마른 손」, 『우리의 대화는 이런 것입
니다』)라고 노래하며, 떠나가는 별을 배웅하였다. 사라짐
과 만나는 일은 상실의 아픔을 겪게 하며 슬픈 감정을 낳는
다. 이는 분명 고통스러운 일이며 삶을 공허한 것으로 여기
게 하는 허무주의로 귀착될 수 있다. 그럼에도 시인은 사라
져가는 것들을 향해 기울어져 있으며, 기꺼이 슬픔과 함께
하는 일을 멈추지 않는다. 어둠을 향해 사라져가는 것들이
발하는 빛, 그것이 시인으로 하여금 사랑의 감정을 불러일
으키도록 하기 때문이다. 어째서 이러한 일이 일어나게 되
는 것일까.

시인에게 사라짐, 타인의 죽음은 그저 한 개체나 개인에게 일어난 사건으로만 머무르지 않는다. 사라지는 움직임과 죽음은 시인으로 하여금 각자의 것일 수 없는 어떤 공동에, 공통의 것에 노출되도록 이끈다. 타자의 죽음에 의해 노출되는, 시인이 '사랑의 공동체'라 이름을 붙였던 밝힐 수 없는 것을 나누는 어둡고 비밀스러운 소통의 움직임. 우리 앞에 놓인 박시하 시인의 세번째 시집 『무언가 주고받은 느낌입니다』에서 우리는 앞서 출간되었던 시집들보다 죽음에 관한 노래와 더 자주 만나게 된다. 시인에게 사라짐과 죽음처럼, 존재하는 것들이 지워져가는 움직임은 서둘러 잊거나 외면해야 할 삶의 부정적 사태로 여겨지지 않는다. 시인에게 죽음은 또한 삶의 다른 이름이다.

시인은 죽음에 한 걸음 더 다가가 그를 껴안고자 한다. 관계 안으로 들어가는 일. 삶을 온전히 사랑하기 위해선 죽음을 부정 없이 바라보는 일, 그리고 그에 기꺼이 다가가고자 하는 노력이 함께 이루어져야 한다. 물론 쉽지 않은 일이다. 사라짐과 함께하는 상실의 고통을 또한 끌어안아야 하기 때문이다. 사라진 타자, 사라져가는 타자가 노출하는 움직임은 또한 '나'로 하여금 존재를 위협하는 시련에 빠뜨리고, 어떠한 나아감도 불가능한 것으로 표상케 하는 절망과 불안을 야기한다. 그러나 박시하의 시에서 우리는 타인들이 떠나간 그 공허를 향해 말을 건네는 이들과 만날 수 있다. 이들은 부재와 함께 대화를 나눈다. 그중에서 「디어 장폴 사르트르」에는 독서와 편지라는 소통의 한 방식을 통해 사라져간 이의 말을 듣고, 다시 그이에게 말을 건네는 이의 모습이 그려지고 있다.

 "11월이 떠납니다", 떠나가는 시간과 마주한 이의 목소리로 시의 문이 열린다. 한 계절이 떠난 자리에는 이어서 다른 계절이 찾아올 것이다. 그러나 아직 시의 목소리가 전하는 시간은 11월이 완전히 가버린 때는 아닌 것 같다. 다만 "첫눈이 내려/ 군데군데" 쌓여 있는 모습으로 11월이라는 시간이 곧 떠나가게 되리라는 사실을 일러줄 뿐이다. 11월이라는 시간은 그렇게 떠나가는 것으로서 노래하는 이에게 마주해 있다. 이렇게 시간의 경과를 일러주는 말들에서 우리는 존재의 본질적인 운동이 표현되는 현장과 만나게 된다. 무언가 이 자리로 오기 위해선 그에 앞서 떠나가는 것이 있어야만 한다. 앞서 존재했던 것들이 사라져야만 그 자리에 새로운 것들이 모습을 드러낼 수 있다. 나타남의 움직임에는 언제나 사라짐의 움직임이 앞서 이루어진다. 사라짐의 움직임 없이는 나타남이라는 일은 불가능한 것으로 머무를 뿐이다.

 새로운 것들과의 만남은 반가운 일이지만, 그럼에도 함께 했던 것들을 떠나보내는 일은 힘겹다. 시인은 행복한 순간을 전하기에 앞서 그와 함께하는 불행과 고통에 먼저 눈길을 보낸다. 「날씨의 아이」에서 시인은 "새롭게 죽는/ 다시 살아난 하늘"이라 부르며, 끊임없이 새롭게 태어나는 것들에 앞서는 죽음을 향해 마음 쓰는 모습을 보이기도 하였다. 태어나는 것들에게서 미리 죽음의 그림자를 보는 일은 가슴 아픈 일이다. 숨쉬는 생물로 여겨지는 날씨의 끊임없는 죽음을 보며 시인은 "죽지 마"라며 안타까운 감정을 전하기도 하였다. 그러나 나타난 순간부터 이미 스스로를 지워가는 존재자에게 그와 같은 말은 무력한 것으로 다가갈 것이다. 사라져가는 일을, 떠나가는 움직임을 막을 수 없는 이가 겪는 상실의 감정은 세계를 폐허처럼 느끼게 할 것이다. 그렇게, 지워져갈 운명에 처한 존재들의 움직임은 노래하는 이에게 "참혹의 춤"으로 보일 것이다.

분명 박시하의 시에서 노래하는 이에게 이 세계는 슬픔과 허무로 이루어져 있는 듯하다. 「물고기」와 「세 개의 푸른 올리브」에서 제사로 쓰인, '우리'를 "꿈의 재료"라고 하거나 "생성 자체가 백일몽을 통한 것"이라고 하는 표현들에서 우리는 이 세계를 금방이라도 사라져버릴 환영으로 인식하는 시선과 만날 수 있다. 그러나 이 허무는 염세적인 것과는 성격을 달리한다. 탄생이라는 각자의 것일 수 없는 최초의 사건처럼, 사라져간 타자의 죽음이, 각자의 것일 수 없는 최후의 사건이 '나'를 내밀한 나눔이 이루어지는 소통으로 이끌기 때문이다. "내 것이 아닌데/ 내 것인/ 생생한 죄"(「물고기」)가 불러일으키는 기이한 책임감이 그 타자의 죽음으로부터 눈을 돌릴 수 없게 하기 때문이다.

무언가 주고받은 느낌입니다
먼 시간 너머
시간이 공간인 우주의 공허 너머
어딘가에 장밋빛 집이 있고
거기에서 혜세와 당신, 불쌍한 로캉탱, 보부아르와 내가
지워지는 대화를 나누고 있을지 누가 알겠습니까?
먹먹한 사랑을 각자 가슴에 품고
알리지 못한 비밀을 읊조리며
들리지 않는 노래를 토해내겠지요
—「디어 장폴 사르트르」부분

「디어 장폴 사르트르」에서 이루어지는 독서와 편지 쓰기라는 소통의 방식은 일반적인 대화의 양상과는 다르다. 일반적인 대화가 응답을 전제로 한 말 건넴으로 이루어진다면, 독서는 응답을 요구할 수 없는 글쓰기로 이루어진 말함을 듣는 일이며, 이 시에서의 편지 쓰기는 이미 사라진 이에게 보내는 것이기에 마찬가지로 응답을 바랄 수 없는 글쓰기이다. 응답이 부재하는 글쓰기. 글을 쓰는 이들은 응답이 오지 않으리라는 걸 알면서도 그 부재를 향해 말을 건넨다. 마치 자신의 죽음을 기다리는 한 사람이 살아서는 끝내 그 죽음과 만날 수 없는 것처럼. 또한 그 죽음이 끊임없이 물음을 낳을 뿐 끝내는 앎이 되지 않는 영원한 미지인 것처럼. 이들의 글쓰기는 그 기다릴 수 없는 것을 기다리며 희망할 수

없는 것을 희망한다. 어째서 기다리는 것이 오지 않을 것을, 희망 역시 불가능하다는 사실을 알면서도 글을 쓰게 되는 것일까. 실존으로부터 비롯된 "구역질"을 멈출 수 없는 것처럼 사라져가는 것들의 부재가 끊임없는 응답을 요구하기에, 끊임없는 물음의 원천으로 나타나기 때문에. 그런데 그와 같은 요구에 응답하는 가운데 이루어지는 글쓰기가, 말건넴이 인간에게 자신의 유한성을 넘어설 수 있게 하는 독특한 움직임이 된다는 점을 주목해야 한다.

소통이란 말의 교환이 아니라 말한다는 사실 자체이다. 말이 입 바깥으로, 글이 몸 바깥으로 나오는 순간 '나'는 자기 바깥으로 나오게 되며, 그 바깥에서 자신의 존재를 타자와 함께 나누는 움직임에 참여하게 된다. 고립된 고독의 유한에서 나와 바깥에서 이루어지는 공동이라는 무한의 경험. 이러한 경험에 이르는 일은 "먹먹한 사랑을 각자 가슴에 품고/ 알리지 못한 비밀을 읊조리며/ 들리지 않는 노래를 토해내"는 대화를 나누는 일과 함께한다. 밝힐 수 없는 것을 나누는, 그러나 밝힐 수 없는 것으로 남는, 내밀한 대화를 나누는 일과 함께한다. 이 대화는 '나'의 바깥에서 지나간, 지나가는 타인들과 함께 존재를 나눈다. 시인은 이를 두고 "지워지는 대화"라고 하였다. "말하기는 간직하는 것이라기보다는 상실하는 것이다"(모리스 블랑쇼, 『저 너머로의 발걸음』, 그린비, 2019, 135쪽).

지워지는 대화, 그것은 앞서 이야기했던 언어의 도구적

사용이나 유용성에 따르는 움직임과는 다르게 흘러가는 움직임을 이른다. 사물을 대상으로 붙잡고 고정시키지 않고, 오히려 스스로를 지워감으로써 스스로 사물이 드러내는 존재의 생성이 된다. 다른 무엇으로 사물을 치환하거나 가치를 재단하지 않고, 그 자체의 존재를 온전히 긍정하는 일은 이렇게 이루어진다. 사라져가는 것들을 붙잡고자 하는 욕망을 넘어서 사라짐 그 자체와 만나 그와 함께하려는 마음, 이것이 시인의 사랑이다. 그러나 이 사랑은 또한 세계의 그림자와 그 어둠을 정면으로 응시하는 일이며 그 고통을 함께 짊어지는 일이기에 용기를 필요로 하는 것이기도 하다.

시인의 사랑

사랑이라는 말은 박시하 시인에게 시작을 위한 중요한 모티프 중 하나이다. 그것은 어떤 이에 대한 사랑을 가리키기도 하지만, 세계와 삶을 사랑하는 일을 이르기도 한다. 사랑이라고 할 때, 대개는 그 대상이 되는 것의 밝고 긍정적인 측면만을 바라보곤 한다. 그러나 시인의 사랑이 향하는 곳은 전면적이고 전체적이다. 시인은 삶의, 세상의 어두운 측면을 외면하지 않는다. 오히려 그 어둠에 정면으로 다가간다. 어둠이 불러일으키는 감정들을 온몸으로 겪어내려 한다. 사랑이 높고 숭고한 것인 만큼, 시인은 사랑과 함께 낮은 곳으로 내려간다. 그런데 이러한 움직임은 적극적인 행위의 능동성으로 이루어지는 것이 아니라 수동성과 함께한다.

　여기서 수동적이라는 말은 어떤 소극적인 움직임을 가리키는 것이 아니다. 사물을 대상으로 삼으면서 주체의 능력에 편입된 존재로 격하시키는 능동적 행위와는 다르게, 수동적인 움직임은 우선 자신이 만나는 사태 그 자체의 존재를 훼손하지 않는다. 수동적인 움직임은 서로에게 감응됨으로써 나타나는, 행위 아닌 행위이다. 「저지대」에서 "습기에/ 이끌려 내려왔다"고 말하는 것처럼 '이끌림'이라는 말은 '나의 의지'나 능동성과는 다른 어떤 겪음을 일러줌으로써 서로가 서로에게 어떤 영향을 불러일으키는 정서의 움직임이 일어났다는 사실을 가리킨다. 그런데 무엇이 시인으로 하여금 낮은 곳으로 이끌리게 하는 것일까. 자신의 전생을 노래하는 한 목소리를 들어보자.

　　지상의 것

　　더럽고 추악했을 텐데
　　어찌 사랑했을까

　　개의 멀어버린 눈 속에
　　깃들어 푸르른 죄악

　　　　　　　　　　　　　　　　　　─「전생」 부분

"이제는 무엇이었는지도 모를" 정도로 아득한 기억의 저 편에서, "더럽고 추악했을" 지상의 것을 너무도 사랑하여 타락하게 된 천사였다고 자신을 소개하는 이가 있다. 그런 데 그이의 모습은 "교회당 처마 밑에서 비를" 피하고 있는 "한 마리 버려진 개"로 나타난다. 그이는 발이 꺾이고 눈이 멀어 더이상 앞을 볼 수도 없고 어딘가를 향해 걸어갈 수도 없다. 나아감이 불가능해진 존재에게 남은 것은 죽음을 기 다리는 일뿐일 것이다. 그런데 그이는 "빗줄기 사이에서/ 무언가 희게 펄럭인 걸 기억한다"고 전한다. 무엇을 본 것일 까. 그러나 이 질문을 던지는 일은 아직 적절하지 않은 것 같 다. 그보다 시의 목소리는 "어찌 볼 수 있었을까"라고 묻는 다. 앞을 보는 일이 이제는 불가능해진 이에게 무언가 볼 수 있었다는 사실은 기적과도 같은 예외적인 일이 발생하였다 는 것을 가리킨다. 어떻게 그러한 일이 일어날 수 있었을까.

질문에 답하기 위해선 그이가 "타락한 천사"가 된 까닭 을 다시 돌이켜보아야 한다. 고결한 것으로 간주되는 천상 의 존재자에게 '지상의 것'을 사랑하는 일은 금기시되는 일 이었을 것이다. 그러나 그이는 금기를 위반하였다. 여기서 또한 "더럽고 추악했을 텐데/ 어찌 사랑했을까"라는 물음 이 던져진다. 천사가 지상의 것을 사랑한 까닭은 아마도 그 것이 자신과 동류가 아닌 타자였기 때문이리라. 자신을 닮 은 것에 이끌리는 사랑은 그저 나르시시즘에 불과할 뿐이

며, 자기 자신에 고립되는 일로 머무를 뿐이다. 진정한 사
랑은 자신과 닮은 동일성에 이끌리는 것이 아니라 모르는
것, 알 수 없는 것에 이끌리는 비대칭적인 움직임으로 이
루어진다.

사랑을 통해서, '나'의 바깥에 이르는 경험을 통해서만 한
개체는 자신의 유한성을 넘어 타자의 무한을 향해 열린다.
그런데 이러한 사랑은 '나'에게 슬픔을 불러일으키는 것이
기도 하다. 지상의 것은 천상의 영원과 달리 금방이라도 사
라져버릴 운명에 놓여 있는 것이기 때문이다. "무언가 희게
펄럭인" 것, 그것은 어쩌면 순간을 살다 사라져버리는 '존
재의 흐린 빛'은 아니었을까. 그럼에도 시인의 사랑은 그 빛
처럼, "격렬하고 품위 있고/ 흐리게/ 빛나고"(「존재의 흐린
빛」) 있는 물처럼 낮은 곳으로 흐른다.

　　　낮은 지대에서
　　　사랑
　　　하는 것이 더 좋았다
　　　끈끈하고 더러웠기에
　　　던져버릴 수 있는 것도 더는 없었기에

　　　알몸으로 돌아갔다
　　　세상에서 가장 비싼 고통의 옷을
　　　입으려고 했다

여기서 '더러움'은 더이상 혐오를 일으키는 부정적인 것의 상태만을 가리키지 않는다. 그것은 잠시 살았다 사라져간 것들과 만나 접촉했다는 사실을, 서로의 정서를 나누었다는 사실을 일러주는 기호가 된다. 더러워지기 위해선 접촉이 일어나야만 한다. 그것은 사라져간 것들이 존재했었다는, 모든 것이 변하는 가운데에서도 변하지 않는 하나의 사실을 일러주는 기호이다. 그렇다고 하여 더러움의 부정적 속성이 모두 없어지는 것은 아니다. 시인의 사랑은 더러움이 내포한 그 부정적 측면까지 껴안고자 한다. 이는 고통을 동반하는 자기희생을 요구하는 일이다. "낮은 지대에서/ 사랑"하는 일은, 내리는 눈과 비처럼 아래를 향해, 바닥을 향해 저 자신을 던지는 일, 더이상 "던져버릴 수 있는 것"이 더는 없는 지경에 이르는 일이다. 더이상 내어줄 것이 없는 상황으로 자신을 내모는 일을 불사하는 사랑의 움직임. 어째서 이렇게 모든 것을 다 내어준 채, "알몸으로" 돌아가 "세상에서 가장 비싼 고통의 옷을/ 입으려고"하는 것일까. 이 물음의 답에 이르기 위해서 우리는 롤로와 메이의 노래를 들어야 한다.

연인들의 노래

롤로와 메이, 우리가 『무언가 주고받은 느낌입니다』에 수록된 열네 편의 시에서 만나게 되는 두 인물의 이름이다. 각각의 시편에서 이들은 동일한 인물일 수도 있고 아닐 수도 있다. 실존주의 심리상담가로 알려진 롤로 메이의 이름을 떠오르게 하지만, 나아가 이름을 지닌 인물들이지만, 이들은 무엇이든 될 수 있는 익명적인 존재처럼 등장한다. 이들은 "새"(「애련」)로 등장하기도 하고, "버려진 꽃들"(「죽음 이미지」)이나 "나무"(「이사 1」)로 불리기도 하고, "오랜 허물어짐의 장소"(「건축」)로 선택되기도 한다. 이들은 이성의 연인일 수도 있고, 동성의 연인일 수도 있다. 물론 이러한 표현들을 두고 구체적인 누군가의 성향이나 속성을 가리키는 비유라고 볼 수 있을 것이다. 그러나 우리가 롤로와 메이에게서 보아야 할 것은 이들의 정체가 아니라 이들이 우리에게 들려주는 사랑의 노래, 그 노래와 함께 생성되는 존재의 움직임이다.

롤로와 메이의 사랑은, 우리가 일반적으로 생각하는 로맨스와는 거리가 멀다. 이들의 사랑은 서로가 분리되어 어느 한쪽이 부재하거나 응답할 수 없는 가운데에서 나타나고 있다. 시집에 수록된 「이사」라는 이름의 시 두 편은 모두 '떠남'으로부터 이야기가 시작된다. 떠남의 이유는 다음과 같이 제시되어 있다. 첫번째 시에서는 "롤로가 아프기 때문이었다"고 하며 두번째 시에서는 "메이가 아팠기 때문이었다"고 한다. 모두 연인이 지닌 아픔에서 비롯하는 일들이다. 이들이 아픈 까닭은 어떤 병 때문이지만, 그 병의 이름이 무엇이며 어떠한 것인지 시에서는 직접적인 이야기로 제시되어 있지는 않다. 다만 우리는 쇠렌 키르케고르와 마르그리트 뒤라스가 자신의 책 제목으로 삼았던 그 이름을 이 자리에서 떠올려볼 수 있다. 죽음에 이르는 병, 그것은 삶 혹은 멈출 수 없는 시간의 다른 이름이기도 하다. 여기서 '이사'라는 단어가 지닌 의미를 한번 생각해보자. 이사는 삶의 거처를 다른 곳으로 옮겨가는 일을 일컫는다. 그런데 롤로가 "영혼의 집"(「이사 2」)을 옮기는 것처럼, 이들의 이사는 일상의 주거 공간을 옮기는 것과는 전혀 다른 움직임으로 나타난다. 우리는 앞서 시인에게 죽음은 삶의 끝이 아니라 삶의 다른 이름이라고 하였다. 이사, 그것은 다른 삶으로 가는 일, 차안에서 피안으로 옮겨가는 그 이행의 과정을 이른다.

「이사 1」에서는 롤로를 떠나며 "나무를 하나 가져"온 메이의 이야기가 펼쳐진다. 그런데 메이는 그 나무의 이름에 롤로의 이름을 붙였다. "다섯 개의 가지가 달린 나무는/ 보랏빛 잎사귀를 피웠고/ 반짝이는 문을 갖고 있었다." 그런 나무를 두고 메이는 "슬픔이라 불렀다"고 한다. 메이에게 롤로는 슬픔 그 자체를 현상하는 이로 여겨지는 것 같다. 시에서 메이는 롤로와 함께했던, "불행할 정도로 행복"했던 지나온 날을 노래한다. 그리고 "그려버리면 달아날 것 같아

143

서"그리지 않은 롤로의 얼굴을 생각하며 후회하고 롤로의 눈물을 떠올리며 "너는 어째서 울었을까"라고 묻는다. 롤로가 슬픈 까닭은 어쩌면 메이를 두고 홀로 떠나가게 될 자신과 메이의 운명에서 기인하는지도 모른다. 이별과 상실은 아무리 동일한 것을 되풀이하더라도 익숙해질 수 없는, 그때마다 새로운 고통과 슬픔을 불러일으키니까. 사랑하는 이와 헤어져 어둠을 향해 사라져버리게 될 유한한 삶의 운명은 또한 인간을 고독한 상태에 처하게 한다.(메이가 보는 롤로의 슬픔에서, 우리는 「애련」에서 메이를 노래했던 롤로의 죽음 이후 "낯선 세상에 혼자 남겨진 메이"가 "처음이자 마지막 노래"로 롤로를 부르며 천천히 홀로 죽어가며 함께 했던 모습이 불러일으키는 슬픔의 감정을 떠올리게 된다.)

「이사 2」에서는 롤로가 아닌 메이가 병으로 인해 아픈 인물로 등장한다. 롤로가 옮긴 영혼의 집은 "낯설고 낡은 부엌"으로 그곳에서 "롤로는 기도처럼 경건하고/ 비밀스럽게" "금간 벽에 붙어 있던 잎사귀를" 떼어냈다고 한다. 이 이야기는 마치 가을이 되어 낙엽이 지는 일이 롤로의 손을 통해 이루어지는 것처럼 보이게 한다. 「이사 1」에서 나무가 "보랏빛 잎사귀"를 피우는 일이 죽음을 연상케 하는 시간의 피어남을 시각적인 이미지로 그려내는 것이었다면, 「이사 2」에서 "병은 무수한 잎을 돋울 것이다"라는 말은 멈출 수 없는 시간의 이행을 연상케 한다. 그렇다. 인간은 흘러가는 시간을 붙잡을 수 없는 유한하고 무력한 존재이다. 우리 역시

롤로와 메이처럼 시간이라는 병으로 아픈 존재들이다. 우리
는 다만, "잎사귀 하나를 뜯어 벽을 장식하고/ 잎사귀 또하
나를 뜯어 머리에" 꽂는 롤로의 모습처럼, 시간이라는 병과
함께 삶을 아름다운 것으로 만들어가는 일을 할 수 있을 뿐
이다. 그러나 그렇게 붙잡을 수 없이 잎이 불어나는 모습으
로 현상하는 시간의 이행은, 연인이 먼 곳으로 떠나가고 있
다는 사실을 또한 가리킨다. 때문에 연인의 병이 낫기를 바
라며 그이를 붙잡고자 하는 마음은 갈망이 되고, 이 갈망은
기도가 되어 기도하는 손바닥을 새까맣게 태우게 될 것이
다. 유한한 인간에게 그 기도는 불가능한 것을 바라는 행위
일 뿐이다. 떠나감의 운명은 연인을 버림받은 상태에 처하
게 하고, 그이에게 절망의 감정을 낳게 할 것이다. 롤로는
아무것도 낳고 싶지 않았다고 하지만 그럼에도 "낳고 또 낳
았다"고 한다. 무엇을 낳았을까. 그것은 검은 손바닥으로 쓴
시와 '사라지는 입술'로 부르는 노래이다. 응답이 부재하는,
밝힐 수 없는, 어두워져가는 노래를.

바다로 왔어.
슬픔을 가져왔으니 혼자가 아니야.
다섯 개의 가지에서 피어난 잎사귀를
메이는 해변에 하나씩 떨구었다.
이제는 아프지 마.

슬픔의 문이 열리기 시작했다.
　　　　　　　　　　　　　　　　　　　—「이사 1」부분

　　롤로는 남았다.
　　병도 남았다.
　　찬장에서 기억을 꺼내 먹었다.
　　가만가만
　　롤로의 영혼이 이상한 빛을 내며 상해갔지만

　　바다는 영원을 가장하며 푸르렀다.
　　　　　　　　　　　　　　　　　　　—「이사 2」부분

　　우리는 「이사」라는 이름의 시 두 편의 결구에서 바다와 만
나게 된다. 하나는 롤로를 상실한 메이의 시선을 통해, 다른
하나는 메이를 잃어버린 롤로의 시선을 통해서 바다를 보게
된다. 바다는 육지가 끝나는 자리에 있는, 저 너머의 장소이
다. 바다는 세계의 끝과 삶의 끝을 현상하는데, 동시에 바
다는 어머니처럼 만물을 낳는 탄생의 근원이 되는 곳이기도
하다. 죽음이 이르게 되는 곳이자 탄생의 근원이 되는 그곳.
그리고 우리는 또 한 가지 사실을 알고 있다. 탄생과 죽음의
순간에 함께하는 것, 그것은 울음이라는 사실을. 탄생과 죽
음은 또한 자신이 속했던 곳과 찢겨나오는 경험을 통해 이
루어진다. 찢겨나오면서 떠안게 되는 상실의 감정이 최초와

최후의 사건과 함께한다. 슬픔은 존재하는 것들의 근원적인 감정을 표현하는 것이다. 찢긴 존재라는 사실, 단독자로 홀로 존재할 수밖에 없는 유한한 인간의 존재 조건을 표현하는 근원적인 감정을.

그러나 다시 반복하여 말하자면, 탄생과 죽음은 각자의 것일 수 없는 최초이자 최후의 사건이다. 탄생과 죽음의 순간에 '나'는 나뉠 수 없는 개체에 머무르는 것이 아니라, 공동을 향해 몸을 열며 나오게 된다. 인간은 자신의 유한성이라는 한계에서 "슬픔의 문을" 열어 공동의 무한과 만나게 된다. "하나가 되면 뗄 수 없을까봐/ 눈 뜨고 꿈을 꾸었지"(「미친 잠」)라는 말처럼, 찢김은 인간의 고독과 유한을 가리키지만 동시에 '나'에게 '너'와 만날 수 있는 조건이 되기도 한다. 하나가 된다는 일은 아름다운 사태를 가리키는 말처럼 보이지만, 그러한 상태에서 만남은 불가능하게 될 것이다. '나'와 '너'가 찢겨져 분리되어 있을 때에야 만남이 이루어질 수 있다. 그렇게 찢김으로 인해 '나'는 '너'를 향해 몸을 열어 만나게 되는 것이다.

찢김과 열림이 동시에 이루어지는 곳, 그러한 장소의 이름인 바다는 또한 노래의 움직임을 저 스스로의 몸으로 드러내는 곳이기도 하다. "가만히 옛 노래를 부르던 밤에는/ 파도 소리가 들려왔어."(「이사 1」) 제 모습을 드러냈다가 곧바로 사라지는 파도의 움직임은 음악처럼 리듬을 만들어간다. 한 음이 나타나고 곧바로 제 모습을 지움으로써만 다른 음이 이어질 수 있으며, 이렇게 음이 나타나고 사라지는 연쇄에 의해서만 음악이, 노래가 이루어질 수 있다. 스스로를 지움으로써만 파도가, 음악이, 그리고 노래가 되는 것이다. 파도와 노래, 그리고 우리의 삶은 순간을 살다 사라져가는 것의 이름이지만, 그러나 그렇게 사라져감으로써 영원에 이르게 된다. 「이사」라는 이름의 시 두 편에서 롤로와 메이가 각자 홀로 바다와 마주하고 있는 장면으로 끝을 맺는 까닭은 그저 우연에 따른 배치의 결과가 아니다. 시인은 롤로와 메이를 바다와 만나게 함으로써 이들의 삶 자체가 노래가 되는 과정을 그려내고 있는 것이다.

노래는 사라져가는 것들을 부르는 일이자, 그 사라짐 속에 자신을 기입하며 스스로의 사라짐에 동의하는 사랑의 움직임이다. 밝힐 수 없는 내밀함을 밝힐 수 없는 것으로 나누는 일이자 사라져가는, 사라져간 타인을 향해 기울어지며 말을 건네는 일이다. 망각의 운동 속에서 현재의 삶을 침묵으로, 순수 과거의 잠재성으로 이행케 하는 움직임이며, 침묵으로 잠겨들어갔던 것들을 다시 이 삶으로 부르는 일이다. 노래에 의해 "각자의 리듬을 껴안고"(「길 위에서」) 존재의 나눔이 이루어진다. 노래는 존재의 이중 운동을, 즉 발생의 차원에서 사라짐과 나타남이 한 몸으로 이루어지는 그 움직임을 '사라지는 그림들'로 그려낸다.

더 멀리, 한 권의 책을 향하여

시인이 시를 쓰는 일은, 이처럼 스스로의 몸을 지움으로 써만 나타나는 불꽃의 움직임처럼 이루어진다. 불꽃은 제 몸을 불살라 그을음과 재가 되는 그 움직임을 향해가야만 제 모습을 드러낼 수 있다. 스스로의 몸을 지우는 일로써만 나타날 수 있기에, 노래와 시는 순간을 살다 사라지게 될 것 이다. 그러나 「그을린 방」에서 노래하는 '지워지지 않는 그 을음'처럼 노래와 시가, 그리고 무언가가 있었다는 사실 자 체는 사라지지 않는다. 다만 침묵으로 이행할 뿐이다. 우리 가 독서를 할 때, 그리고 시를 읽고 노래를 들을 때 일어나 는 그 움직임은 끊임없이 나타났던 말들이 지워지며 그다음 의 말에 그 자리를 내어주고는 결국 침묵에 이르는 과정이 다. 그러나 침묵은 말함의 반대가 아니다. 침묵은 모든 말들 이 이르는 곳이자, 모든 말들이 태어나는, 모든 말들이 소리 를 죽인 채 들끓고 있는 지극한 말함 그 자체이다.

책이 축조된다.
그림자가 길어지는 동안
책은 넓어지고 검어지고 따뜻해진다.
침묵 속에서 좁아지고
점점 밝아진다.
어째서 이렇게 환한 거야?

커튼을 드리운 창 앞에서
누구도 롤로의 질문에 대답하지 않는다.

시들어버린 식물의 재 안에서 부서지는 흰 빛.
                              —「롤로와 메이의 책」 부분

　시인이 "세상에서 가장 비싼 고통의 옷을" 입으면서까지
금방이라도 흩어지고 사라져버릴 '지상의 것'들을 사랑하는
까닭은, 바로 이들이 '시'이기 때문이다. 이들은 사라져가는
것들이기에 덧없는 것으로, 무용하고 무력한 것으로 표상되
지만, 시인에게는 "가장 달콤한 칼"(「나의 도덕」)이자 슬픔
이라는 "강력한 무기"(「은하유령계」)이다. 시인은 이 무기
로써 자신이 「은하유령계」에서 비판하는 '문명'과 맞선다.
문명은 현존을 고정된 것으로 보존하려는 집착으로부터 파
생되는 "추악함"의 이름이다. 문명은 도구적 유용성만을 추
구한 채 현재를 미래의 시간에 저당잡힌 채 살아가도록 요
구한다. '인간적인 것'이라는 이름으로 위계와 폭력을 만들
어낸다. '돈'과 같은 동일성을 바탕으로 한 가치만을 따르게
하며, 모든 차이들을 그에 종속시키려 한다. 시인은 노래,
시쓰기와 함께 인간적인 상태를 넘어서려 한다. 시인은 흘
러가며 사라지는 그때그때의 지금에 충실하고자 한다. 시인
은 이렇게 시쓰기라는 "지워지는 대화"를 타자들과 함께 나
누면서, 사라짐에 동의하는 가운데 존재의 본질적인 움직임

에 참여하고자 한다. 사라짐에 동의한다는 것은 또한 삶을, 그리고 삶의 다른 이름인 죽음을 긍정하는 일이다. 죽음을 껴안음으로써 삶을 온전히 사랑하는 일이다. 현존하는 것에 대한 집착에서 벗어나는 일이다.

　시인은 시를 쓰며 기꺼이 삶의 고통에 자신의 몸을 내어 준다. 어디엔가 있을 것으로 믿는 "완성된 시의 책"을, "완전한 시의 책"을, "완벽한 시의 존재를 확인하기 위해" '지워지는 대화'를 한다. "한 단어 쓸 때마다/ 손가락 한 마디 씩 부서지는"(「그을린 방」) 아픔을 불사한 채 존재하는 것들의 그림자를 향해 다가간다. 그림자, 그것은 삶의 어둠을 가리키는 이름이지만 동시에 빛과 만났다는 사실을 가리키는 이름이다. 시인이 스스로 어두워지며 어둠 속으로 들어가는 까닭은, 그 그림자 안에 있을 빛과 만나기 위해서이다. 자신의 그림자와 타인의 그림자가 뒤섞여 "무엇이 무엇의 그림자인지" 알 수 없는, 소통과 불꽃의 움직임처럼 사라지면서만 그 모습을 드러내는, 밝힐 수 없는 것을 나누는 사랑의 공동체를 노래하기 위해서.

　「디어 장폴 사르트르」에서 시인은 사르트르의 책에 '카사 로사'라는 헤세의 집 이름을 써놓은 일이 있다. 책은 어쩌면 우리가 거주하는 이 세계와 삶을 가리키는 것이 아닐까. 어쩌면 그것은 스스로를 지워가는 글쓰기로 이루어진 삶의 다른 이름 아닐까. 책의 완성은 또한 책의 사라짐을 일컫는 것일지도 모른다. 완전하고 완벽한, 그리고 완성된 '시의 책'

이 끊임없이 스스로를 사라짐으로써 이루어내는 삶의 다른 이름이라면, 시인의 시쓰기는 살아 있는 동안 계속 이어질 것이다. 우리는 이 책과 함께 "어디로도 갈 수 있고 어디로도 가지" 않을 수 있다. 끊임없이 타인을 향해 기울어지며 지워지는 노래를, 서로의 그림자를 나눌 것이다. 이제 그림자는 삶의 부정적 측면을 가리키는 이름에 머무르지 않고 "살아 숨쉬는 그림자들"이 되어 삶과 죽음을 긍정하는 기호로 우리에게 다가온다. 우리는 시인의 노래와 함께 더 멀리, "죽음이라는 별이/ 어두운 먼빛으로" 갔던 그 길에 함께 오르며 "가장 아름다운 곳을" 볼 것이다.(「2월」) 삶이 아무리 어두울지라도 우리는 그 안에서 빛과 만나게 될 것이다.

> 말할 수 없는 혀가 입안에서 우주만큼 커진다
> 사랑이에요
> 이 말할 수 없는 증폭이
> 나보다 큰 나를 안고 있는 당신이
>
> 하늘의 틈이 벌어지고
> 끝없는 눈이 내린다
> ─「일요일의 눈 1」 부분

삶이 끝날 때까지, 끝나지 않는 대화를 나누는 사랑과 함께, 우리는 지금 여기에서, 더 멀리 있을 멀어져가는 것들을 향해, 말을 건네게 될 것이다. 응답이 부재하더라도, 말을 건네는 그 순간, 침묵하는 거대한 어둠이 눈처럼 모든 것에 공평하고, 햇볕처럼 따스하게 우리를 안아주고 있다는 걸 느끼게 될 것이다.

박시하 서울에서 태어나 이화여자대학교에서 시각디자인을 공부했다. 2008년『작가세계』신인상을 통해 등단했다. 시집『눈사람의 사회』『우리의 대화는 이런 것입니다』가 있고, 산문집『지하철 독서 여행자』『쇼팽을 기다리는 사람』이 있다.

문학동네시인선 130
무언가 주고받은 느낌입니다
ⓒ 박시하 2020

1판 1쇄 2020년 2월 24일
1판 5쇄 2023년 10월 25일

지은이 | 박시하
책임편집 | 강윤정
편집 | 김봉곤 김영수 김민정
디자인 | 수류산방(樹流山房) 본문 디자인 | 유현아
저작권 | 박지영 형소진 최은진 서연주 오서영
마케팅 | 정민호 서지화 한민아 이민경 안남영 왕지경 황승현 김혜원 김하연
　　　　김예진
브랜딩 | 함유지 함근아 고보미 박민재 김희숙 박다솔 조다현 정승민 배진성
제작 | 강신은 김동욱 이순호
제작처 | 영신사

펴낸곳 | (주)문학동네
펴낸이 | 김소영
출판등록 | 1993년 10월 22일 제2003-000045호
주소 | 10881 경기도 파주시 회동길 210
전자우편 | editor@munhak.com
대표전화 | 031) 955-8888 팩스 | 031) 955-8855
문의전화 | 031) 955-3576(마케팅), 031) 955-2678(편집)
문학동네카페 | http://cafe.naver.com/mhdn
인스타그램 | @munhakdongne 트위터 | @munhakdongne
북클럽문학동네 | http://bookclubmunhak.com

ISBN 978-89-546-7084-5 03810

* 이 책은 서울문화재단 '2020년 창작집 발간 지원사업'의 지원을 받아 발간되었습니다.

잘못된 책은 구입하신 서점에서 교환해드립니다.
기타 교환 문의: 031) 955-2661, 3580

www.munhak.com

문학동네